手心捜査の疑い・

三億円事件

こばふみと

Fumito Koba

文芸社

目次

手心捜査の疑い・三億円事件

プロローグ

昭和59年11月1日に発行された旧一万円札（D号券）で三千数百万円、段ボール箱に入れたまま、76歳の男が自己所有マンションの一室で、孤独死していた。平成29年春のことだった。

マンションの管理費、市の固定資産税は長期滞納したままだった。

生前、男は「三億円事件の犯人を知っている」とマンションの住人に、それとなく漏らしていた。

また、この男は、マンション販売会社によると、二十数年前に、2千800万円相当の新築物件を現金で購入していたという。

この物語のテーマは、未解決事件、迷宮入り事件はなぜ存在するのか。

初動捜査のミスや、間違った思い込みによる誤捜査がなかったか。人間の弱さ、「間違った正義感」からくる「手心」はなかったか。

これらを、今一度、考察する物語である。

まさに、捜査官も人の子である。タテ割り警察組織の中で、自らの保身のために、また、組織を守らんがために、何らかの「工作」はなかったか。


昭和50年12月10日、午後10時過ぎ、緊迫した三億円事件府中署捜査本部へ、緊急電報が届いた。

「長い間ご苦労様でした。皆様のご健闘をお祈り申し上げます」

大分県警別府署「後藤巡査殺害事件」捜査本部からの見舞い電報であった。

昭和52年2月11日、この事件も、15年間に及ぶ警察の威信をかけた大捜査も空しく、ある組織が「手心」を加えたことから、迷宮入りとなっていた。

この「後藤巡査殺害事件」を、「旧知の友人」との偶然の出会いから、気付かされ、時効前に真実を解明していた「電気エンジニア」の男がいた。

この男、星野裕二が、奇しくも同時期に「ボイラーエンジニアの男」との偶然の出会いから、その男が残した特徴ある個性（眉毛が太く濃い面長で角ばった顔。鼻筋が通った顔。目はやや大きく、目と目の間がやや広い、頬がかけた感じでエクボが出る感じ）、そしてその男の不可解な行動から、「三億円事件」の真実を暴いていく語りである。

偶然の出会い

電気エンジニア・星野裕二が大友清晴と出会ったのは、福岡市郊外西南部の、のどかな田園広がる中にあった、5軒の戸建て小団地だった。

当時、星野は31歳。大友30歳。

それは昭和48年9月のことだった。

ボイラーエンジニアの大友は、北九州で生まれ、幼少期を北九州で過ごした後に、父親の仕事の関係で長崎市に移り住み、長崎市内の工業高校を卒業後、神奈川県川崎市池上新町に転出していた。そして、ボイラーメーカー宮浦工業に就職していた。

その翌年、大友の1歳年下の妹、たか子は埼玉県浦和の会社に就職して、長崎市から同じように離れていた。

ボイラーの優秀な技術者として成長した25歳の大友は、メンテナンス部では、その

段取りのよさと、並外れたパワーで、社内でも期待の星とされていた。

三多摩地区を担当するようになり、ますます多忙を極めていた。

当時は携帯電話がない時代。迅速かつ的確に応え、機動力を発揮するために大友の営業車には業務用無線機を装備していた。高度成長時代。建築ラッシュの時代である。


新型ボイラーを開発した宮浦工業。その新型ボイラーが人気を博し、その優秀な機能設備の関係で、デパートや銀行等の多くの建設工事現場に納入されていた。

古いボイラー設備がある諸々の企業にも、大友は頻繁に出入りしていた。

多忙を極める時代。メンテナンスサービスの仕事柄、同社は24時間の3交代制をとっていた。

そんなある日、開店前の三菱銀行国分寺支店の地下室で、ボイラーの点検修理作業をしていた大友は、交換部品を取りに、地上に上がって、銀行の社員用駐車場に止めていた営業車・白いカローラバンに戻っていた時だった。

大友は、ふと、目の当たりにした光景に、瞬間、体が硬直した。

黒塗り乗用車の後部トランクに積み込まれる3個の大型ジュラルミンケース。中身が何かは一目瞭然。

大金が手の届く距離にあるではないか！

東芝機器の販売会社関東支社に勤めていた、長崎の高校の先輩・高尾に、いつも聞かされていた「これが東芝工場で支給される給与だろうか。それを運搬する車が目の前にあるではないか！」

貧しい家庭に育った大友は、田舎の造船所で共に働く両親のためにも、妹弟のためにも金が欲しかった。好きな自分専用の車も欲しかった。

大友は、当時、多くの若者のあこがれであった、プリンススカイラインGTが特に、欲しかった。

建設工事現場でのボイラー機器搬入の調整時間。会社からのサービスエンジニアとしての指示待ち時間。部材の到着待ち時間。

そんな空き時間に、大友は、いつの間にか、東京競馬、多摩川競艇にはまっていっ

てしまった。

仕事の合間を見つけての、賭け事。つい、大穴狙いが続き、借金がかさむ。

そんな時、「よからぬ夢を見て、よからぬ計画」に、取りつかれていった。


本事件発生の1年前。昭和42年12月13日から14日にかけて、大友はついに、保谷市（現・西東京市）ひばりが丘団地近くで、目を付けていたスカイライン2000GTを盗み出す。うまくいった。大友がよからぬ計画をスタートさせた瞬間だった。

全て、うまくいきそうな予感がしてきた。次は金だ。大金が欲しい。

42年12月15日は東芝工場の冬のボーナス日（本事件のボーナス日は43年12月10日）。

あの、目に焼き付いた、三菱銀行の社員駐車場でのジュラルミン現金ケースの輝きが、強烈に、大友の魂を突き動かした。

ターゲットを「東芝工場に運ぶ現金輸送車」と決めた瞬間だった。

多摩川競艇で大負けした帰り道だった。

ボイラーのメンテナンスで出入りしたことのあった、多摩農協の駐車場に止まって

いた、トヨペットクラウンが目に留まった。大友は次の作戦計画を行動に移した。そのクラウンのナンバープレート（多摩５せ１９２５）を書き留めた。

多摩農協脅迫

昭和43年4月25日（木）午前8時55分、大友は府中市白糸台の多摩農協預金係へ脅迫電話をかける。農協前庭の駐車禁止標識の下に脅迫文を置き、１５０万円を要求し、さらに翌5月25日（土）午前8時35分、２回目の脅迫電話をかけ、脅迫文は知能犯的。カタカナと一部は漢字の手書き。カタカナは癖が出ない。筆跡鑑定が難しいことを本能的に知っていた。

「……フロシキニツツミコノ前ノトヨタクラウン……」

そして３００万円を要求する。

その翌月の6月14日（金）午前8時40分。3回目の脅迫電話をし、脅迫文を洋品店前の緑のゴミ箱に入れ、３００万円を要求する。

43年6月25日（火）、午前7時45分には、4回目の脅迫電話をし、府中ガス前の緑のゴミ箱の中に、脅迫文を置き、400万円を要求する。

翌7月の25日（木）、午前8時10分。5回目の脅迫電話をし、新道下の赤丸の印の付いた石の下に脅迫文を置き300万円を要求した。


一般的に、毎月25日が給料日の企業は多い。三多摩地区でも東芝府中工場、東芝日野工場はじめ、多くの企業の給料日は25日だった。

しかし、3回目の多摩農協への脅迫電話日は6月14日。

三多摩地区でも6月14日のボーナス支給日は、東芝府中工場と東芝日野工場、それに日立製作所だけであった。

これらの脅迫状の行動日時設定から、東芝工場への「現金輸送日」を最初から意識して、狙っていたことが窺える。

それは、大友が三菱銀行国分寺支店の駐車場で、至近距離から「白く輝くジュラルミンの現金ケース」を見た瞬間に、しっかりインプットされていた。

その他に、大友は43年7月20日（土）、多摩駐在所の奥さんに脅迫電話。

9月22日（日）、23日（月）には同じ駐在所ポストに脅迫文を投げ込んだ。

さらに、「脅迫文はただの脅しではない」、と思わせるために、第3回の脅迫電話内容通り、6月20日（木）、多磨霊園そばの、つくば観光の物置に火を点けた。

さらにエスカレートさせ、多摩駐在所には「爆弾を仕掛けた」と脅迫電話。

その駐在所には、追い打ちをかけるように「時限装置で燃やす」との脅迫状を投げ込んだ。これらの関連地点は、全て多摩川競艇場などに続くギャンブル街道。

大友の狙いは最初から、多摩農協の「小金」ではなかった。

次なる本番を成功させるために、警察の目をそらせ、世間に恐怖心を植え付けるための、心理的陽動作戦の準備に過ぎなかった。

しかし、うかつにも、度重なる脅迫電話の声（まろやかでよく通る声。やや早口で喋る）が録音されていたことには、大友は思いが及ばなかった。

しばらくして、言語学者の見識として、「語尾に北九州なまりがある」との報道がなされていた。

また、脅迫電話を受けた19歳から45歳までの9人の「声の感じ」は「19歳や20歳の若者ではない。30歳前後の落ち着いた、少し早口の、命令口調の声」との反応が多かった。

まさに、これは大友の声の特徴だった。

大友は深夜「警察が寝込んだ間」盗んだ車で走り、昼間は営業用のカローラバンで走り回った。

43年10月25日（金）。その日は東芝工場の給料支給日。

大友はその日の早朝、三菱銀行近くに車を止め、車から降りて、建物の陰から現金輸送車を見張った。

ところが、その朝は三菱銀行の向かい側の日本信託銀行国分寺支店の駐車場から、後部トランクが重そうな、黒塗りの車が出てきたのを見て、一瞬、目を疑った。

「今までは、三菱銀行から出てきていた車が！」

大友は戸惑った。

翌11月の給料日、25日（月）も、早朝、両銀行が見渡せる建物の陰から見張った。

その朝も、日本信託銀行から現金輸送車は出てきた。

その朝は、営業車カローラバンで、東芝府中工場まで尾行した。

43年10月25日と、11月25日の給料が、日本信託銀行国分寺支店から、運び出されたことを再確認した。現金輸送車のルートは確認済み。

銀行からの現金輸送時間に、装備した無線機で周波数を調整し、警察無線を傍受しながら走ってみた。警察の護衛もない。警備会社の護衛もない。大友は次なる「パーツ」の準備にとりかかった。白バイだ。11月9日（土）早朝、八王子市石川町でキーを付けたままのホンダドリームを盗み出した。しかし、間一髪、所有者に発見され、そのオートバイで逃走。翌日10日（日）試走するとエンジンの調子が悪い。無残にもそのオートバイは公務員住宅の駐輪場に遺棄した。

11月19日（火）深夜、大友は「犯行パーツとなった濃紺ヤマハスポーツ３５０、多摩い１１２９」を平山団地で盗み出した。

当時の白バイは、ほとんどが「ホンダ」製であったことを、大友は充分調べた上で「デカいヤマハ」を手に入れたところに、大友の性格である「緻密《ちみつ》でありそうで、大胆」さと、大友の迫りくる「決行日」への焦りを、星野は見て取った。

そのオートバイを、大友は日野市の戸建て住宅横の、木造倉庫に運び込んだ。

その住宅は高校時代の先輩、高尾が借りていた古い家だった。

その家の裏には空き地があり、表通りからは見えにくい場所だった。

その倉庫の陰に大友の営業車カローラバンが、頻繁に止まっていた。

まさに、そこが、ヤマハオートバイの改造場所だった。

東芝府中工場の冬のボーナス日、43年12月10日（火）が気になり始めた。

大友は焦り始めた。「パーツ」が足りない。今まで弟・正と2人だけで着々と犯行のパーツを準備してきたが、焦りから、偶然出会った、「地元の不良グループリーダー格」、「気心の知れた少年」の手を借りてしまった。

大友は11月30日（土）深夜、日野市東平山近くまで、その「少年」が運転する大型オートバイに相乗りし、目星を付けていた「犯行道具」のカローラ（緑色）「多摩5め3863」を盗みに向かった。

その車のボディカバーを少年と2人で左右両端から、同じ調子で巻き込んで、トランク後部下に落とした。大友は、三角窓をこじ開けた。ガラスが割れはじけた。慣れた手つきで運転席側ドアを開けた。大友はハンドルを操作しながら、体重をかけ、車庫からゆっくり車を押し出しながら、少年に顎で合図をして、後部トランク部分を押させ、道路側に押し出した。後は熟練した手つきで、コネクターを引き抜き、配線を直結し、エンジンをかけた。大友は緑色カローラに乗り込んで、右手でOKサインを出しその少年と別れた。大友は「犯行道具」をまた1つ、手に入れた。12月5日（木）深夜、日野市多摩団地で、もう1台のカローラ（濃紺色）「多摩5ろ3519」を盗み出し、相棒がその車に乗りアジトまで走った。計画の道具（パーツ）は、ほぼ、そろった。

ヤマハスポーツの改造用偽物部品を集め、濃紺色の車体を白く塗り替え始めた。

43年8月28日（水）深夜、宮浦ボイラーを納入していた小平市の大学校建設工事現場の業者専用駐車場で、近くに止まっていた、多摩川電工のトラック荷台にトランジスタメガホン（東亜特殊電機、携帯用ＥＲ３０３型）を見つけた。

それを密かに手に入れ持ち帰った。後日、白色に塗り替え、サンケイ新聞上で乾かした。その後、オートバイ左側にスピーカーに見せかけてセットした。その日の深夜、試走をしたが、取り付け位置が悪くてハンドルがうまく切れず、転倒してしまいけがをした。けがにもめげず大友は取り付け方法を考え直した。

総仕上げをするために、大友は12月6日（金）、日本信託銀行国分寺支店長宛てに、ギリギリ書き上げた脅迫状を出した。それは、50円切手を2枚貼って、速達と書いた部分に赤インクで2本線を引いた粗末なものだった。星野はここに12月10日の決行日を意識した、大友の焦りを読み取った。

「三百万このふろしき（大友が、長崎屋国分寺店で購入したもの）……午後6時30分までに……」「もし約束を破れば、巣鴨の（支店長）自宅を時限爆弾で爆破する」との脅し文を郵送した。文中の、「ダイナマイト。時限装置。幾人か爆殺する」。これらの殺し文句は実に効果抜群だった。

現金輸送の担当者にも強烈に、周知されることを、狙ったものだった。それは見事に犯行現場で的中した。大友は愛読していた『電波科学』の活字を切り貼りし、一部は自筆で脅迫文を書いた。

後日、筆跡鑑定の結果、多摩農協に出したものと、同一人物が書いたものと鑑定された。

多摩農協への4回目の脅迫状にある、犯人自筆の「サツニワ知ラセルナ」の横に、強調するために、書き添えられた「●--●--●--の注意書き」を、後日報道で知った星野裕二は、長年従事した電気エンジニアの仕事柄、見事に看破した。

現場作業において、星野の下請け電工がコンクリート壁や天井に、電動工具を使い、配線用の孔を開ける作業を、幾度となく、星野は目の当たりにしてきた。

コンクリート中の配筋（鉄製）位置を表す、「図面に記された記号」と似ていることに、星野は注目した。

ボイラーを設置し、後からコンクリート壁などに、配管用の孔を開ける際に、「配筋の位置」には、特に気を付けるものである。

大友が、いつも、見慣れた「配筋図をもとに、穴あけ施工をしていた」ことから、習性で、つい、この記号を書き加えたものと星野は確信した。

現金輸送車強奪事件発生

その日は土砂降りだった。時折、雷鳴が鳴り響いた。東京都下府中市、府中刑務所裏は高いコンクリートの塀が続いていた。それを左に見ながら、1台の黒塗りセドリックが、激しい雨を押し破るようにゆっくり走っていた。

昭和43年12月10日、火曜日。午前9時20分頃、そのセドリックの後ろから、白いオートバイが追いかけてきた。何かを引きずっている。

白いヘルメット、黒い皮ジャンパーの若い男が乗っている。どこから見ても「白バイ警官」。この日は「歳末特別警戒」初日だった。

その白バイはセドリックを追い越し、左手を横に出して、停車を命じた。

「巣鴨署からの緊急手配によると、おたくの支店長の自宅が爆破された」

「この車にも、爆発物が仕掛けてあるかもしれないから、中を調べてください」

黒革マスクに小型マイクを付けた若い男は、てきぱきと警官口調で言った。

車に乗っていた4人の銀行員たちはウロウロ、キョロキョロ。慌てて車外に飛び出した。その6日前には支店長宛てに「銀行と支店長自宅を一度に爆破する」との、脅迫状が舞い込んでおり、そのことは行員全員に知らされていた。

疑うよりも恐怖心が先に立ち、セドリックから離れようと、びしょ濡れになりながら、転がるように飛び出した。

その間に、若い男は点検する素振りで、車の前方の下に身をかがめた。

エンジンルーム下あたりから白い煙が舞い上がった。

赤い炎影と煙が道路面をはった。

「危ない！」「逃げろ！」的確な白バイ警官の強力パンチ。

4人の男たちはセドリックからできるだけ遠くへと、足を滑らせながら走った。

その時だった。セドリックのエンジン音がした。若い男はセドリックに飛び乗り、半ドアのまま、前に止めた白バイを避けるように、ハンドルを切った。セドリックのアクセルをいっぱい踏み込んで、運転席側のドアを閉め直しながら走り去った。残された4人の男たちは「警官が身の危険を顧みず、爆発する車を遠ざけた」と思った。男は信号を無視して猛スピードで走り去り、見えなくなった。

その車は、国電国分寺駅北側にあった日本信託銀行国分寺支店の現金輸送車だった。府中刑務所のすぐ先にある東芝府中工場へ向かっていた。

この日支給されるボーナス2億9430万7500円の現金を運ぶ途中だった。星野が、この事件を知ったのは26歳の時。事件発生当日の正午のラジオニュースだった。衝撃を受け、その後50年間にわたり追及することになった。

大友は12月9日(月)深夜、日野市の改造倉庫からアジトまで「化粧黒バイ」を走らせた。黒い布をクリップで留め、車体の一部は黒い布を貼り付けた「化粧黒バイ」。

大友はアジトでカバーをかけ、事件当日朝までそこに隠していた。

その日は、夜勤でいなかった弟のアパートの部屋で仮眠を取り、出番を待った。

翌10日5時40分。暗いうちに「化粧した黒バイ」で栄町の「中継場所」に向かって走った。その中継場所で黒い布をはぎ取り、コートのポケットに押し込んだ。「化粧白バイ」の左側前に、弟の部屋にあった新聞紙（朝日の夕刊紙）で包んで持ってきた白く塗った「メガホン」を後部座席の紐を外し、急いで、それを白ビニールテープで左前方下部に縛りつけた。けがの功名。「完成した化粧白バイ」にシートをかけた。

それから、濃紺色のレインコートをまとい、警官服の身を隠すようにして歩いて、刑務所南側の晴見団地近くの「アジト」まで戻った。

そこから紺カローラを走らせ、7時前に国分寺史跡の「第1積み替え場所」に配置した。車から「白ペンキの付いた刷毛など」を取り出し、包んだ新聞紙と一緒に、藪に放り込んだ。コートのポケットから黒い布切れをかき出し、路側にばらまいた。その後、再び、アジトにレインコート姿で、「警官の服」が見えないようにダークグレーのハンチング帽をかぶり、急いで歩いて戻った。

レインコートを着たまま、アジトから緑カローラを走らせた。

「中継場所」に向かい、「化粧白バイ」に被せたダークグリーンのカバー（12月8日深夜、平山団地で盗んだスバル360用）をめくり、「化粧白バイ」のエンジンをかけた。滑らかなエンジン音を確認した。

再び、「完成した化粧白バイ」にそのカバーをかけ直して隠した。

大友は、緑カローラに飛び乗り「第1積み替え場所」の紺カローラのエンジンをかけに走った。コートを着たまま、その足で緑カローラに飛び乗り、日本信託銀行国分寺支店に向かった。

国分寺駅の近くの米屋と洋品店の間に、9時過ぎに、傘もささず、雨に濡れながら、濃紺のレインコートと半長靴姿の大友の姿。25歳。身長168センチが立っていた。大友清晴が車から降り、銀行の駐車場出入り口が見える、その店の陰から、見張っていた姿だった。頬骨の出た、青白い、雨のしずくが目に入り、目を細めた大友。9時15分、現金輸送車が出るのを確認して、緑カローラに飛び乗った。ハンチング帽を深めに被り、先回りして、黒いセドリックの前をゆっくり、先導するように、サイドミラーとルームミラーとで、後続車を確認しながら走った。時速30キロメートルくらいでゆっくり先行した。

府中街道を進んでいった。やがて「中継場所」が近くに迫った。スピードを上げセドリックを振り切り、狭い脇道の「中継場所」に走り込んだ。土砂降りの雨だった。緑カローラを「中継場所」に急停止。運転席側のドアを開いたまま、ワイパーもかけたまま飛び出した。コートをはぎ取り脱ぎ捨てた。

手を伸ばして助手席から、白いヘルメットとマイク付き黒革マスクを取り出し、装着しようとしたが、ハンチング帽を被ったままだったのに気付いた。

慌てて、右手でハンチング帽をもぎ取り、その手で「化粧白バイ」のカバーをはぎ取った。「白バイ」に飛び乗り、急発進させた。跳ね上がった補助スタンドにカバーが絡んだまま、ハンチング帽をカバーの中に巻き込んで走ってしまった。

「獲物」を見つけ、その前に、左手を小さく、上下させながら、白バイを回り込ませ、道路左側、刑務所北の壁側に「獲物」を追い詰め、バイクを5メートル前に斜めに突っ込み、囲み込んだ。

そして、9時21分、大友はついに、現金輸送車を強奪した。

あらかじめ配置していた紺カローラが、エンジンをかけて待っている、「第1積み替え場所」へ、フルスピードで駆け抜けた。

黒セドリックが刑務所横から消え去った後、我に返った行員の1人が、銀行に電話。「今、刑務所裏で検問を受けている」と。それを受けて、9時31分に銀行支店長代理が、「今、刑務所裏で検問を受けているが、何か事故でもあったのですか」と警察に第一報。

通報を受けて、9時35分から37分の間、警察は「府中刑務所裏で検問中のPC（パトロール）あれば、応答せよ」と電波を飛ばす。

しかし、該当車なし。ここで警察の事件が始まった。

その時にはすでに、大友は「第1積み替え場所」に着いていた。

セドリックのトランクを開け、一番上と2番目の現金ケースを、紺カローラの横に放り投げた。

最後の1つを抱えてカローラの後部座席に押し込み、泥と落ち葉のかけらが貼り付いた、その放り投げた2つのケースを急いで車に押し込んだ。

積み替えも終わり、セドリックを捨て、「第2積み替え場所」に向け、猛スピードで走っていった。土砂降りの雨だった。

大友は国分寺街道へ猛スピードで向かう際に、右折しようとしたが、スピードが出すぎて曲がり切れず、いったんバックして切り替えて右折した。

この時9時32分。ひときわ大きな雷鳴が鳴り響いた。

「第2積み替え場所」の本町団地まで4キロ半。

9時40分、大友は小金井市の北西部、東京都住宅供給公社住宅B号棟1号館西側の団地駐車場「第2積み替え場所」に入っていた。

そこは中央線武蔵小金井駅を超え、小金井街道を小平市方面に向かい、800メートル入ったところだった。土砂降りの雨の中だった。

そこには大友の営業車、白カローラバンをあらかじめ配置していた。

その駐車場の横スペースに、紺カローラを素早く止めた。

白カローラバンのカバー（昭和43年11月25日深夜、多摩平で盗んだコロナマークII

のカバー）をはぎ取った。

屋根中央のアンテナ基台金属にシートが絡んで中央部分が裂けた。

強引に引っ張った。そのボディカバーをはぎ取った。

白カローラバンの後部ハッチドアを跳ね上げた。

紺カローラ後部座席から現金ケースを引きずり出し、カローラバンに積み替えた。

その、はぎ取ったカバーを、紺カローラに急いで被せた。右後部窓ガラス部分が8センチほど避けた状態で、カバーを正して、空の紺カローラを遺棄した。

大友は、決めていた「目的地」に向かって、警察無線を傍受しながら、白カローラバンを走らせた。

警察は、9時43分、「外周配備」を敷いた。この時点でも、後手、後手の警察。

いまだに「多摩5は6648、黒セドリック」を手配して追っていた。

警察無線の声は、枯れんばかりに繰り返されていた。

大友は、警察無線を傍受しながら、あざ笑うように進路を選定した。

警察は10時18分、全車両検問配備を敷いた。

10時32分、パトロール中の警官が、史跡あと（墓地）で乗り捨てられたセドリックを発見。警察は、手配車両を「現金ケースを積んだ車」に変更手配。

車種、車番を特定できないまま、漠然と全車両の検問を開始した。

大友は、白カローラバンで逃走中の11時10分頃、高円寺陸橋の近くで検問にかかった。

後ろの荷室に、ジュラルミン様のケースを積んだ白っぽいバンを発見した検問中の第二機動隊員が、大友の車を停止させようとした。

大友は間一髪、制止を振り切り非常線を突破し、板橋方面に環七沿いに、フルスピードで逃走。パトカー、白バイが一斉に追跡したが、検問規制も重なり、車の渋滞で逃走車を見失った。車種や、ナンバー、「特徴」は確認できず。

警察は渋滞緩和のため、午前零時6分に、都内23区、埼玉、神奈川の検問配備を解き、午後3時44分には、全ての配備を解いた。

星野は、この犯行現場に残った遺留物のうち、爆発物に見せかけた発煙筒に、巻かれていた、雑誌『電波科学』の記事紙に注目した。

『電波科学』7月号のカラーテレビ配線図の部分だった。

この雑誌はハム（アマチュア無線）の趣味を持つ、大友が愛読していたもので、日本信託銀行に送り付けた脅迫状にも、同じ雑誌記事の活字を切り貼りした大友の犯行を裏付けるものだった。

星野は設計の技術者だが、電気回路図が紛失したような電気設備の電気回路を、たしかめて作図しながら、故障個所にたどり着く作業も、得意としていた。

大友が残した諸々の「パーツ」を、根気よく1つずつ「確定」しながら、大友が描いた「犯行の設計図」を読み取るようにして推理した。それを「線」で繋いでいった。その結果、大友が使用し、残した「パーツ」と、大友が残した個性は確実に「故障個所＝実行犯、大友」を指していた。

大友清晴という男

昭和48年9月、星野は福岡市西南部の戸建て借家に引っ越した。

その時には、大友はすでに、借家敷地北側一番奥に面した家に、入居していた。

45年4月、福岡県南部に現れた27歳の大友は、当時、若者に人気のあったスポーツタイプ、トヨタセリカを派手に乗り回していたものの、心に貼り付いた後悔の念が追いかけていた。ギャンブル好きの大友の、その頃の日課は、競馬、競艇通いだった。しかし、翌46年12月頃からボイラーメーカー宮浦工業のメンテナンスサービス下請け業に、本腰を入れざるを得なくなっていた。

大友は事件後1年4か月後には、生まれ育った九州に南下していた。

捜査網から逃れていたものの、懺悔《ざんげ》の念に駆られるものが常に心に刺さっていた。

大友は関東で育んだ技術を生かして、九州で活動を再開した。

昭和47年3月、福岡市北部の競艇場近くの丸菱電機部品センターに勤めていた幸子と知り合い、結婚した。子供も生まれた。

妻子の手前と、周囲の者に対しても、「収入源の証」を見せざるを得なかった。

一方、星野裕二は大友の行動に対して、徐々に異様さを感じ始めた。

同じ団地に住み始めた星野は、まず、大友の車の購入の仕方に注目した。

ほぼ、星野と同年配の大友。星野も車が好きだったが、購入の仕方、車の変遷が尋常ではなかった。

大友は、昭和47年に日産キャブスター1トン積みトラック新車を購入し、働く素振りを見せ始めていた。48年夏頃、あこがれの日産スカイライン2000GT新車を手に入れた。しかし、田舎道にはカバーをかけたままのスカイラインが動かず眠ったまま。49年秋には三菱ランサーバン新車を追加購入する。

49年末には日産グロリア2000GTX新車購入。

時効完成（昭和50年12月10日）直前には、堰を切ったように新車を発注。

51年2月には、当時の国産高級乗用車トヨタクラウン2600ロイヤルサルーン新車を納入させ、優雅に乗り回す。

52年1月にはいすゞ4トンユニック付きトラック（荷台左右・後部ドア、アルミ板張り特注車）新車購入。当時の価格で600万円以上、等々。

大友は車の運転にも長け、裏道、脇道を見つけ出すのが得意だった。

5軒の戸建て借家には、それぞれ1台分の駐車スペースは確保されていた。

しかし、大友は小団地近辺の田舎道に数台を駐車する有様だった。

昭和48年頃、大友の5歳下の弟・正も兄の後を追うように、関東の食品会社を辞めて帰福し、大友の仕事を手伝い始めていた。

大友が所有する車は、さほど動かない。盛業とは感じられなかった。

大友兄弟は昼間から、ぶらぶらしていることが多かった。


さらに、狭い借家の庭には不似合いな、鉄製の頑丈な犬小屋があった。

大型犬のシェパード2頭が飼われていた。

近寄ろうものなら、飛びかからんばかりに吠えたてる。

それらの犬を、定期的に民間の警察犬訓練所に1頭ずつ訓練に出し、費用も相当かかるのは想像できた。

それは、趣味の域を超えた、何らかの目的、何らかの、大友の心理状態（事件後、逃走時に警察犬が活躍していたため、警察犬に追われたことのある恐怖心を、打ち消したい心理からくるもの〈反行動性・警察に勝った気持ち〉を、星野は見透かした。

しかし何よりも、その犬小屋の中にこそ、秘密があった可能性が大きい。

そこには一時的に、「銀行に預けられない大金」の影が、見え隠れしていた。

さらに、時折、ホンダのカブに乗りながら、左手で頑丈なリードを引き、左手を横に挙げながら、シェパードを1頭ずつ散歩させる姿が遠目に見受けられた。あの、白バイ警察官が現金輸送車を停車させる様を想起させるものだった。

大友はバイクの運転にも非常に長けていた。

さらに、時効完成後の51年1月には待ち構えたように大友の借家玄関横に、高さ7、8メートルの鉄製電波塔が突然立てられた。当時は、携帯電話もない時代。業務用無線設備は親会社宮浦工業と無線交信のためか。趣味のアマ無線のためか。いずれにしても雑誌『電波科学』との関係が疑われた。

大友の家には固定電話はあった。しかし、不思議な光景が展開された。

本人が家の中にいても、毎回、家の外にいる妻幸子に「おい、電話だぞ」と声をかけ、妻に電話の相手を確認させてから、大友本人が受話器を取る習性。毎回であった。用心深い。自分の電話の声に神経を非常に使っていた。

多摩農協関係者、ほか9人に「特徴のある声を聴かれている恐怖心」「捜査当局に声を録音されている恐怖心」からくるものではなかったか。

星野は見抜いていた。

さらに、大友が妻幸子に「大事にしなければならない人」と紹介していた男。

妻にも「どのような友人関係か分からない男」。ある時は三菱ギャランで来る男。

そしてまた、ある時は、「赤と黄色のツートンカラー（当時の東芝営業車カラー）」のサニートラック（福岡44は１１８９）で来る男。

昭和50年12月10日の、時効成立直前には、大友の家で、弟と、この男を交え「夜どおしの祝杯」の宴が繰り返されていた。

星野裕二は時効成立前から「三億円事件の実行犯が大友清晴」と見抜いていた。

しかし、本当に知りたかったことは、これだけの物証を残しながら、捜査当局が真犯人にたどり着けない理由、その裏に潜む真実だった。

星野はその後も、実行犯と目される大友の動きを監視していった。

大友は、56年3月、福岡市南西部の戸建て借家から、福岡市西北部の海が見渡せる高台に土地を買い、2階建ての家を構えた。決して目立たない家。58年には、大友の自宅から車で15分くらいの山林を買い、一部を整地後、プレハブ事務所と倉庫を建てた。分かりにくく決して目立たない。いずれもうまい売買契約であった。

自殺した少年

星野裕二は、数多くの新聞記事、事件関連の出版物を手にし、犯人の行動を分析した。そういう中で、時効成立後、初めて知った未公開の事実があった。

それは、事件発生直後に自殺した「佐藤栄二という19歳の少年」がいたことであった。栄二の父親、栄が現職の警察官（警部補）だったことから、極秘捜査対象事案だったらしい。そのため速やかには公表されなかった。

星野は、ここにこそ、「事件のカギを解く秘密」があると直感した。


その後、公表された資料によると、事件後5日目の、昭和43年12月15日午後11時47分頃。佐藤家から北多摩消防署に救急依頼があった。

救急隊の調書には、次のようにある。


「患者は白ワイシャツに黒ズボン姿で、両親は、すぐに救急車に乗せられるように患者を、玄関先まで運び出していました」

父親は「息子が何か薬を飲んだらしい」と、救急隊員に告げた。

しかし隊員が「何を飲んだか分かりませんか」と問いただしても、父親は「何を飲んだか分かりません」と繰り返すばかり。

患者はぐったりしていて重体であるとすぐ分かった、と書かれていた。

すぐに近くの桜堤診療所に緊急搬送した隊員が、診療所の医師と一緒になって、「何を飲んだか分からないと治療しようがない」「薬物の名前を言ってください」と両親に迫った。

しかし、「2人は最後まで答えなかった」と書かれていた。

警察の現場検証によると、

「栄二は自分のベッド上で倒れていた」「枕元にはコップが1個あり、鑑定の結果、その中に残っていた砂糖成分の中から、強い青酸反応が出た」

「枕の下から、栄二自身が書いたとみられる、遺書が発見された」

「父親の同意を得て、狛江市の慈恵会医科大で司法解剖をしたところ、胃の中から大量の青酸カリが検出された」

「遺書があることと、大量の青酸カリが検出されたことから、本人が自殺を決意し、一気に飲んだ」と結論付け、警察は覚悟の自殺と断定した。

名刑事、藤森春彦の登場

数多くの物証を遺留していたことから、すぐにでも解決すると予想された事件。解決の目途が立たないまま、昭和44年3月、三億円事件捜査本部捜査一課長が交代した。

新しい課長の要請を受け、同年4月から藤森刑事がこの事件の捜査応援に参加した。

まず、藤森刑事は5月半ばまでの間、新しい捜査一課長の特命で、自殺した19歳の少年・栄二について捜査を開始した。

捜査の結果、藤森刑事は言う。

「事件前夜（12月9日）、栄二は四谷管内のオカマのところに泊まっていた」

「府中の現場に、栄二が早朝行くには無理がある」
また「ヤツは43年8月5日に、立川署に逮捕されて、9月4日まで身柄を拘束されている。これでは多摩駐在への脅迫状（8月22日と25日の脅迫状）は出せない。だから実行犯にはなり得ない」

捜査本部は言う。
実行犯は栄二に似ている。栄二が拘束されていても、犯人が複数であれば（他の共犯者が脅迫状を出せる）栄二は実行犯となり得る。

藤森刑事は言う。
「43年11月30日に、日野市東平山でカローラが盗まれた際に、かけてあったカバーが蛇腹式にたたまれて、後部トランクの真下に当たるところに落としてあった。このたたみ方は、2人ではできない。2人でまくっていったら、蛇腹式にならない」

捜査本部と捜査三課の自動車ドロ専門捜査官は言う。

「この巻き方は左右から同時にやれば2人でもできる。だから、この車ドロは2人だ」

藤森刑事は言う。

「それに加えて、そこの車庫内に大小2個の足跡が平行についていたのは、足を全部踏みつけたところが大きくて、踏ん張ったところが、つま先だけになり、小さくなる。だからそれらは1人の足跡。1人の犯行だ」

捜査本部と車窃盗専門捜査官は言う。

「平行についた足跡は、左右2人のものである。大きな足跡は右側にあり、体重をかけて押した足跡。小さい足跡は、他の1人が、後部から、爪先立って押した足跡。2人の犯行だ」

藤森刑事は言う。

「結論。栄二はシロ。犯人ではない。この事件は単独犯行だ」

本人の後日談は、現場第一主義の藤森刑事らしからぬ一言。

「オレはこの事件のナマの犯行現場は1つも見ていない」


44年4月から捜査応援に入った藤森春彦刑事という男。

数多く警察功労章を受賞した刑事一筋の男。

この有名ベテラン刑事には、さすがの捜査本部もこれ以上、逆らえなかった。

大分の叔父さん

大友の妻幸子が星野に漏らしていた「お金の使い方に、とにかくうるさい大分の叔父さん」の存在。後日「生活資金は福岡銀行××支店に振り込まれてくるの」と金の管理をする人物の存在をにおわす。幸子はその叔父さんというのは「元警察官よ」と付け加えていた。

時効完成後の昭和51年夏頃、帰宅した星野が家の前で、大友と連れ立って歩いてきた男。当時55歳前後の髪はうすく、やせ型、長身の男とすれ違った。大友はその男の2、3歩前を歩いていた。星野とその中年男の視線が合った。大友は振り返り、鋭いまなざしで、その男の後ろ姿を追う星野を見ていた。

大友は、気まずそうな表情で星野を窺った。

星野がその時見た中年男こそが、「大分の叔父さん」と判明したのは、平成21年秋になってからであった。

確証

平成21年9月、星野はタウンページ（職業別）をめくった。

「探偵・興信」欄に「アオノ知子調査室」が目に留まった。

福岡地区西部版電話帳に記載された珍しい「所在地住所・長崎市」が目を引いた。

星野はその調査室なるところへ早速、電話を入れた。

その日のうちに、大友清晴の現住所などの情報をファクスで流し、調査依頼した。

数日たって調査室からの連絡を受け、星野は長崎市内の、興信所の事務所を訪れ、30万円と引き換えに、大友清晴の戸籍謄本を受け取った。

そこには、星野が想像していた通りの、驚くべき「大友清晴と佐藤栄の戸籍上の繋がり」が、記されていた。

大友の事務所

平成26年5月、県道から入り込んだ細い旧道。「宮浦ボイラー・ノモサキ工業」の、アクリル製の縦長看板は一部破損して、内部の蛍光管が見えるために、廃業したような雰囲気だった。

駐車場にも車はなく、事務所も誰もいない雰囲気だった。

翌日も訪問したが、その日は、グレーのライトバンが1台止まっていたものの、人影はなかった。

近所に大きなスレート屋根の鉄工所工場横の事務所を見つけ、訪ねた。

初めて会う鉄工所の社長に、星野は名刺を差し出しながら尋ねた。

「そこのノモサキ工業の大友社長の、古い知り合いの者ですが、社長は元気にしていますか」

鉄工所の社長は、初対面の星野に、名刺を渡しながら、気さくに「大友社長とは、クルーザー仲間で仲良くしていますよ」と大友の近況を話してくれた。

「大友君は、足が弱ったと言いながら、以前は、ここらをよく散歩していましたよ。しかし、今は、長崎市内の労災病院に入院しているはずですよ」と、大友の近況を付け加え、教えてくれた。

大友は肺浮腫が見つかり、治療しているとのことだった。

星野は、大友と福岡市西南部の借家時代には付き合っていたものの、あれから40年近く、大友に一度も会っていなかった。

大友の知られたくない過去を調べていった星野が、「三億円事件」の犯人と目した大友本人に、直接会うことは多少危険性も感じ、星野は避け続けていた。

車での帰路、鉄工所の社長が教えてくれた、大友所有のクルーザー「ホワイト・ウイン号」を、福岡市西北部のヨットハーバーを探して、見に行った後に星野は帰宅した。

大友の豪華な白いクルーザーが夕日を受け係留されたまま波間に漂っていた。

自殺した少年・栄二の両親の取り調べ

藤森刑事は、昭和44年5月1日から、栄の自宅で、自殺した栄二の両親の取り調べを始めた。

長時間にわたり聞き取りを続けた結果、公表された調査資料は、「両親ともシロ」というものだった。

明らかになった事柄は、

「青酸カリは父親・栄が、以前、イタチ駆除のため、知り合いの板金工場から譲り受けていたものだった」こと。

「栄が、家の天井裏に、青酸カリを保管していた」こと。

「青酸カリが入った容器を包んでいた新聞紙からは、栄の指紋が検出されたが、自殺した・栄二の指紋は検出されなかった」こと等。

しかし星野裕二は、「昭和の名刑事」と呼ばれた、藤森春彦を目の前にして、栄二の父親・栄が口を割らなかったとは、とても信じられなかった。


星野は、目を閉じて、心の目で見た。


藤森刑事に青酸カリの、隠し場所を白状させられた栄。天井裏からそれを提出させられた栄。

その日の栄がとった行動。栄二への裁き。

ついには、食卓のテーブルに、頭をたれ、泣き崩れた栄。

藤森刑事の前に、「半オチ」した栄の姿を。

星野は、心の目で見た。

藤森刑事は、その事実を上司に報告する。その上司は、上に上にと報告する。しかし、上から、下ってきたものは「警察の組織を守るため」に、そして、警察官であり、非行少年の父、栄を守るために、「これ以上、追及するな」との命令。栄のやったことは、「本事件の解決とは関係ない」と、警察幹部が結論付けた様。これこそ、刑事一筋に生きてきた藤森春彦刑事が、さらに栄を追及したい本能を上司から封印された様。その半面、定年を前にして、子供を持つ同じ父親の立場であり、警察官としての佐藤栄に同情する心が働いた様を垣間見た。

星野は、心の目で見た。

警察幹部も藤森刑事も、私情を挟まず、栄をさらにあと一押し追及すれば、「栄が、栄二に対して、行動に移した理由こそ、本事件の解決に繋がるということ」には、思いが及ばなかった様。

黒い犬

平成28年10月。星野は久しぶりに、福岡市西北部の大友の事務所を見に行った。そこは、星野の自宅から、車で20分くらいの所だった。

やはり、大友の事務所は明らかに、営業している風ではなかった。

星野が、大友のプレハブ事務所の入り口の方へ、歩を進めた時であった。

狭い道路を挟んだ、横の、倒れかかった空き家から犬の吠え声が響いた。

黒い犬が、けたたましく吠えながら、飛び出してきた。

星野の足元まで来た黒い犬は、警戒しながら、星野の足元を二、三回、臭いを、かぎながら回った。

その後、星野の「心の中」を確かめるように、哀願するように見上げ、立ち止まった。

しばらくすると、しっぽを小さく振り、星野を見据えた。

まるで、大友の事務所の「見張り役」かのような、その黒い犬は、いきなり駆け出した。

狭い舗装道路を横切り、新しく整備中の広いアスファルト道路を、まるで、飛び跳ねるように、駆けていった。

100メートルくらい走り、立ち止まった。

あまりにも嬉しそうな走り方に、あっけにとられている星野の方を、黒い犬は振り返った。数秒立ち止まり、星野をじっと見つめていた。

星野裕二と黒い犬の「心の中の波長」が合った。

瞬間、「安心したような素振り」で、その先に広がる竹林の中に、消えていった。

その夜、星野は夢の中に、その「不思議な黒い犬」を見た。

黒い犬が星野に語りかけた。

いつの間にか、黒い犬の姿は、「大友清晴に顔が似た若い男」に変わっていた。


あの日、オレは風邪気味で、頭が痛くて熱があり、家でごろごろしていた。

盛んに、テレビニュースで栄町の事件の現場が放映されていた。

犯人が放置したという「カローラ」の映像が映し出された。

その車がクローズアップされ、ズームアップされた瞬間、「アッ」とオレは、思わず声が出てしまった。


「キヨニイ(兄)、ウマイことヤッタナ!」

オレは口に出してしまった。

横で一緒に見ていた母ちゃんが「あんた、どうして知ってんの」と聞いてきた。

「あの車、キヨニイと一緒にヤッタんだ」オレは興奮して、思わず自慢げに口が滑ってしまった。

夕方遅く、父ちゃんが帰ってきた。父ちゃんの前で、オレはカローラを、「キヨニイと二人でとヤッタ」ことをハイてしまった。

夜遅く、母ちゃんがオレの風邪を心配して、コップに入れたサイダーとカプセルの風邪薬を持ってきてくれた。

風邪で熱があったので、熱い喉に、冷たいサイダーがはじけて、うまかった……。

「後は、何も、……覚えていない」

星野裕二は、夢から覚めた。

自己顕示欲の強い大友

星野裕二（32歳）は、三億円事件時効成立の約1年前、昭和49年暮れ、大友清晴（31歳）と、もう1人、少し年配の近所の広瀬某の3人で一度だけ、忘年会と称して、福岡市の繁華街、東中洲のスナックで飲んだことがあった。

店のホステスが「あなたは、どこかで見たことがある」と、まじまじと大友の顔を覗き込んだ。

少し間をおいて、大友が笑みを浮かべ自慢げに、ホステスに言った。

「三億円の犯人に似とるやろ」と茶化した。

その頃、すでに星野は「大友こそ、真犯人では?」と、疑っていたので、大友の自白に虚を突かれた。

しばらく雑談をし、飲んだ後タクシーで帰る際に、大友が助手席に座り、星野と広瀬が後部座席に座っていた。

家に近着いた時に、大友がサッと五百円札を出し、その手をかざし、振り向いた。

「オレが払う」と言った。

星野と大友の視線が交錯し、星野は薄明かりの車中で、大友が手にした五百円札を注視した。それを見て、大友の顔が「どうだ?」と言わんばかりの顔で星野を見据え「ニッと」意識した笑いを見せた。

自己顕示欲の強い大友が、あの一連の「脅迫文の中で見せた文面内容に繋がる」愉快犯的な表情を、星野は見て取った。

盗まれた三億円の中に、日本信託銀行で一連番号の記録がある五百円札（昭和46年7月で発行停止）が2091枚含まれていることが、早い時点で報道されていた。捜査当局が追いかけていた連番の五百円札。用心深い大友が使うはずはない、五百円札だ。タクシー内の所作、表情はそれを大友が一番意識していた表れではなかったかと、星野は感じた。

報酬

福岡市近郊西部のマンションで、平成29年に孤独死した老人（76歳）こそ、大友の高校の先輩、高尾元也であった。

高尾は関東の東芝機器の販売会社勤務から、同系列の九州支店へ転勤後、九州管内を転々とし、定年まで勤めあげていた。

高尾が所持していた旧一万円札（D号券）。およそ三千数百万円は平成19年4月2日以降、金融機関窓口での交換に際し時間がかかり、大友清晴の指紋検出等を恐れ使いそびれていた。どのような歴史を辿った「万札」かは不明のままだった。

栄二が死んだ日、佐藤栄は、妻からの思いもよらない「栄二の言葉」を、電話で聞かされ、急いで帰宅した。

栄二は自室で寝ていたが栄に起こされ口論の末に事実をハイテしまった。

栄は、清晴のアパートである川崎の平和荘に何度も電話した。出ない。

食品会社で働く弟・大友正の府中市のアパートの電話も、誰も出ない。

焦っていた栄は、大友清晴の勤務先の宮浦工業××支社に電話を入れた。清晴に営業無線で連絡してくれた。

しばらくして清晴本人から電話がかかってきた。公衆電話からだった。

栄からのまさかの電話に清晴はしばらく無言だった。

しかし、ついに清晴は観念した。全てを認めた。

「栄二が漏らしたことは本当だった」

栄は、埼玉・浦和に住む姪のたか子に電話をした。たか子は事件当日の午後、清晴が立ち寄ったことには気付いていなかった。

清晴は以前から、たか子のアパートには、実家のように頻繁に立ち寄っていた。そのため、清晴は部屋の合鍵を持たされていた。

栄は、たか子の部屋である奥の和室、6畳間の押し入れ下段のえんじ色の布団袋を確認させた。

大友清晴が電話口で「ハイタ事実」を確認した。

栄は体の震えが止まらなかった。

しかし、栄は苦渋の選択を決断した。

大友は、昭和43年12月10日、犯行後の午後3時頃、「目的地」である妹のアパート前の、大きなケヤキの下に車を止めた。雨は上がっていた。

周囲を確認し、ジュラルミンケースを、妹の部屋に運び込んだ。

慌てていたため、ケースを1つ地面に落とし、ケースの角に赤土泥とケヤキの小さな葉切れが付着し、ケースに傷が付いた。

玄関口に急いで3個のケースを運び込んだ。和室の部屋で押し入れの、布団袋の夏物を引っ張り出した。ケースから抜き取り出した現金の束は丁寧に仕分けされていた。それを確認するように1束ずつ布団袋に放り込んだ。

その上から布団の一部を重ねて覆い被せた。

取り出した夏布団で空のケースを包むようにして運び、カローラバンに積み込んだ。今度こそは夏布団をかけてしっかりとケースを覆い隠した。

警察の検問配備がすでに解かれたことを、察知した大友は本町団地の紺カローラを目指して、慎重に道路を選び走った。

本町団地駐車場の紺カローラの両横の駐車スペースは、別の車が駐車していた。

カローラバンを、1台置いた横スペースにゆっくりバックさせた。

すでに日も沈み、暗い。

周りを確認して、後部ハッチドアをそっと開け、素早く空のケースを引き出した。

紺カローラの天井部分が裂けたカバーを半分めくり、ケースを後部座席に押し込んだ。

大友は咄嗟《とっさ》に閃《ひらめ》いた。

捜査をかく乱するために「車内で金を抜き取ったように見せるため」2個目と3個目のトランクの尾錠《びじょう》を開けたままにした。

何事もなかったように、再び、紺カローラにカバーをかけ、正した。

カバーの裂けた後部窓ガラスの隙間からきらりと光る空のケースが、大友を見送った。

大友は、団地こそ最高の隠し場所であることを人一倍学習していた。

まさか、盗んで放置した車に、中身の現ナマを盗んだ後の空のケースを再び持ち込むとは。誰も想像すらしなかった。これこそ大友の知能犯的姿だった。

この紺カローラは、翌44年4月9日に、偶然発見されるまで4か月間、放置されたままだった。

現金以外の全てのブツを遺棄した大友。深夜当番だった大友は、何食わぬ顔をして、そのまま、ボイラーメンテナンスのため、仕掛中《しかかりちゅう》の工事現場に向かった。

犯行のパーツが物語る共犯の姿

大友清晴の5歳下の弟・正は昭和42年4月、長崎の工業高校を卒業後、東京競馬場の南にある、大手の食品会社工場に就職していた。

その住まいは晴見町の第二豊栄アパート102号室だった。

大友は、弟の上京を機に、弟の手助けを得て、車などの窃盗を繰り返した。

大友は広範囲にわたり「犯行のパーツ」を集めたが、1人で歩いてできるものではない。
大友1人で車とかバイクを使い集められるものではない。
当然、行く時は深夜。警察が手薄の時。2人連れ。
帰る時は1人が盗んだ「パーツ」をアジトに持ち帰る。
もう1人が、乗ってきた乗り物でアジトに帰る。
星野が調べた大友が盗み出し、事件に関連するものは、次の通りである。
一、昭和42年12月13日（水）夜、保谷市ひばりが丘でプリンス2000被害
本町団地に遺棄
二、同年12月25日（月）夜、晴見町でカバー被害
トヨペットクラウンのカバー、本町団地に遺棄
三、昭和43年8月13日（火）夜、保谷市ひばりが丘でブルーバード被害
公務員住宅に遺棄
四、同年8月21日（水）夜、小平市小川東でプリンス1500被害
本町団地に遺棄

五、同年9月10日（火）夜、府中市晴見町でスバル１０００用カバー被害
本町団地に遺棄
六、昭和43年11月9日（土）５時40分、八王子市石川町でホンダドリーム被害
茶系のジャンパーを着た大友が盗んで走り去るのを目撃されていた
公務員住宅自転車置き場に遺棄。茶系のジャンパーを着た大友を目撃
七、同年11月19日（火）夜、日野市平山団地でヤマハ被害
白バイに改造後犯行に使う
八、同年11月25日（月）日野市多摩平でコロナマークⅡ用カバー被害
本町団地に遺棄（紺カローラに被せたまま遺棄）
九、同年11月30日（土）午後7時40分、日野市豊田で赤色サニー被害
未遂。ブレザーコートを着た大友、気付かれ逃走
一〇、同年11月30日（土）夜、日野市平山団地で緑カローラ被害
犯行に使用。「中継場所」に遺棄
一一、同年12月5日（木）夜、日野市多摩平団地で盗んだ紺カローラ。

犯行に使用。多摩5ろ3519）本町団地に遺棄
一二、同年12月8日（日）日野市平山団地でスバル360用カバー被害
化粧白バイに使用。引きずってそのまま走行し、犯行現場に遺棄

結論。43年11月19日、大友はヤマハオートバイを日野市で盗んだ後は、オートバイ改造に集中。その後は全て、日野市内で「パーツ」を調達。
日野市のオートバイ改造倉庫を拠点とした行動範囲。

結論。現金強奪は大友清晴の単独犯行。
バイクの改造場所提供、パーツの窃盗などの「前捌き《まえさば》」は複数犯行だった。

結論。後年、年長者「佐藤栄」による、「強奪した金の管理」その他。
「後捌《あと》き」が完全犯罪を構成した疑いがある。

43年12月1日（日）昼頃、大友は盗んだ濃紺ヤマハで府中刑務所わきの、通称学園通りから府中街道にかけて、ゆっくりしたスピードでコースを試走。

改造途中のバイクだった。

日曜日は「オマワリ」も休み。このことを熟知していた大友は大胆にも、盗難バイクのナンバープレートを偽造し、勝ち誇ったように、堂々とハンチング帽を目深に被り、下見をした。刑務所と東芝工場の間の交差点では、赤信号を無視してみせた。

府中街道から史跡（墓地）の方へ、予定したコースをゆっくり進んだ。


犯行前の12月8日（日）と翌9日（月）、夕方のうす暗い時間。

紺カローラを遺棄していた史跡（墓地）に通ずる道で、不審な若い男2人が府中街道から約300メートル入った、ぬかるむ道で目撃されていた。

作業衣風の若い男2人。

タイルを割り砕いて、本番のために道路の補修をする姿。

これこそ、大友兄弟の姿だった。

そして、43年12月10日（火）、本事件は大友清晴の独壇場と化した。

終焉

佐藤栄は、警察を早期退職し、故郷の大分に戻り、生涯を終えた。

大友清晴は肺浮腫が高じて、肺の病で平成30年冬、死亡した。75歳になったばかりだった。

主に工事現場の地下室で長年従事した大友は、当時アスベストを吹き付けた壁、天井が多かった時代の公害物質が要因で発病していた。

大友清晴は犯行50年目にして「アスベスト粉塵」に、逮捕されたようなものだ。

即刻、判決。即刻、刑の執行まで受けたようなものだ。

福岡市西北部にあるヨットハーバーには、主をなくしたクルーザー「ホワイト・ウイン（白は勝つ）号」が寂しく係留されたまま漂っていた。

その後、その船は中古船業者に買い取られ、影も形もなくなった。

大友正は平成25年8月、交通事故で死亡していた。

昭和のギャンブラー、大友清晴の最期

本事件発生の約1年前の昭和42年12月13日深夜、保谷市で大友が盗み出したプリンススカイラインの車内から、43年5月に配布された競馬新聞「ダービーニュース」と江戸川競艇、多摩川競艇で配布された「チラシ」が見つかっていた。

大友清晴が強奪した三億円の大半は、福岡市北部の競艇場の「海水のあぶく」となって消え失せた。

しかし、その一部は福岡市民に還元されていた可能性もあった。

「泡銭、身につかず」とは、よく言ったものだ。

長崎の労災病院で妻幸子に手を取られ、枕を大粒の涙で濡らした大友。唇が何かを語る。声にならない言葉。「栄二、ごめんナ。ごめんナ……」大友清晴の消えゆく意識の中に、玄界灘に漂うホワイト・ウイン号に遊ぶ25歳の清晴と19歳の栄二。顔がよく似た従兄弟同士が仲良く釣り糸を下ろす姿。

それも、静かに、静かに消えていった。

あとがき

昭和50年12月10日午前0時で、刑事訴訟法第２５０条による公訴時効期間（7年間）に達した。

事実上、この日で三億円事件も時効が成立した。

警視総監が「お詫びと反省」の記者会見をして締めくくった。

西の「後藤巡査殺害事件」は昭和37年2月11日に事件発生。昭和52年2月に15年間の時効完成。

東の「三億円事件」は昭和43年12月10日に事件発生。昭和50年12月、7年間の時効完成。

共に昭和の事件史に残る、大規模捜査をした迷宮入り大事件。

西の事件は、ある組織の完全な「手心捜査」の疑いがある。

東の事件は片オチの「手心捜査」の疑いが残った。

またしても組織幹部の「手心」で真実が葬り去られた疑いがある。

昭和43年12月に、東京都下の霊園に埋葬された、自殺したとされた少年（当時19歳）の墓は、なぜか豪勢で大きなものだった。

終知る　わが身の姿　黒き犬　されどこの旅　知る人ぞいぬ
しまいしる　わがみのすがた　くろきいぬ　されどこのたび　しるひとぞいぬ

本書は、昭和43年（１９６８年）に実際に発生した事件を題材にしたものですが、物語はあくまでもフィクションであり、登場人物、公・私的機関、企業、団体などは実在するものと一切関係ありません。

なお、当時の朝日新聞記事、『三億円事件ホシはこんなやつだ』（平塚八兵衛著　みんと　１９７５）、及び『三億円事件』（一橋文哉著　新潮社　１９９９）を参考にしています。

著者プロフィール

こば ふみと

1942年、福岡県生まれ。
木工工芸家。
警察の捜査手法を俯瞰的に検証。
著書に『魂が逮捕したのは15年目の夜』(2006年　文芸社) がある。

手心捜査の疑い・三億円事件

2019年12月15日　初版第1刷発行

著　者　こば ふみと
発行者　瓜谷 綱延
発行所　株式会社文芸社
〒160-0022　東京都新宿区新宿1－10－1
電話　03-5369-3060（代表）
03-5369-2299（販売）

印刷所　株式会社フクイン

ISBN978-4-286-21081-0